슬픈
감자
200그램

슬픈 감자 200그램

박상순 시집

ㄴㄴ > < ㄷㄴ

2

3

1

슬픈 감자 200그램

슬픈 감자 200그램을 옆으로 옮깁니다.
슬픈 감자 200그램을 신발장 앞으로 옮깁니다.
그리고 다음날엔
슬픈 감자 200그램을 거울 앞으로 옮깁니다.

슬픈 감자 200그램을 옷장에 숨깁니다.
어젯밤엔
슬픈 감자 200그램을 침대 밑에 넣어두었습니다.
오늘밤엔
슬픈 감자 200그램을 의자 밑에 숨깁니다.

슬픈 감자 200그램은 슬픕니다.
슬픈 감자 200그램은 딱딱하게 슬픕니다.
슬픈 감자 200그램은 알알이 슬픕니다.

슬픈 감자 200그램은.

대장, 코만도르스키예

나의 대장은 러시아 귀족 같은 충청도 양반. 눈 내린
돌담에서 결투를 한다. 오래된 일이지만 현재인들 어쩌랴.
눈 내린, 설국의 평원에는 매서운 바람. 나의 대장은 그런
추위에는 끄떡없다. 차가운 침묵을 향해 총구를 겨눈다.
충청도 양반처럼 우아하게, 양반처럼 쥐도 새도 모르게,
눈 내린 낮은 돌담에서 결투를 한다. 졌다!
우아하게, 거침없이 떠난다. 나의 대장은 참혹한 패배에도
끄떡없다. 발목을 잘라야 할 동상을 이겨내고
끝없이 밀려오는 먹구름을 헤치며 큰 배에 올랐다.
러시아 귀족 같은, 가면무도회 복장으로 바다를 건넜다.

바다 건너, 깊은 밀림에 떨어졌다. 밀림인들 어쩌랴.
떨어진들 어쩌랴. 나의 대장은 물속에서도 잠을 잤다.
얼굴만 물 밖으로 내밀고 밀림의 뜨거운 숨을 쉬었다.
괴물 같은 뿔닭들이 날뛰고, 축축한 지하에서
밤마다 쏟아져나오는 긴 이빨의 열대 괴물들이
출몰하는 밀림에 홀로 떨어진들 어쩌랴. 양반처럼,
귀족처럼, 남십자성을 환상의 연인처럼 가슴에 품고

결투를 벌였다. 긴 이빨의 열대 괴물과 맞섰다.
허리에 찬 단검으로 뿔닭의 심장을 가차없이 찔렀다.
모가지를 비틀었다. 너무 질긴 모가지. 밀려오는 뿔닭들.
그러나 마침내 하늘에서 내려온 남십자성.
별빛의 부축을 받으며 밀림에서 벗어났다.

아주 딱딱한 신발 한 켤레만을 신고 고향으로 돌아왔다.
타향인들 어떠랴. 나의 대장은, 남십자성 별빛 같은,
눈 내린, 설국의 평원 같은 거침없는 하늘,
두려움 없는 대지에 앉아, 부드럽게 은근하게, 볼일이나
보려 했는데, 인생의 마지막 결투 신청을 받았다.
나의 대장은 오후 다섯시 그저 또 한 번의 결투,
그래서 우아하게, 대수롭지 않게 딱딱한 신발만을
잠시 벗었으나, 여섯 시간 뒤에는 쥐도 새도 모르게,
나의 대장 또한 모르게 거대한 뿔닭 병원의 응급실로
향하는 또 한 번의 결투에서…… 졌다.

더 참혹한, 또는 가엾은 패배인들 어떠랴. 아직

권총을 쏘아본 경험도 없는 후예들을 벌판에
남겨둔들 어떠랴. 아직 서른둘, 서른셋의 나이인들 어떠랴.
나의 대장은 시시한 눈물 한 점 남기지 않고,
하찮은 승리의 추억 또한 남기지 않고, 돌아섰다.
영원한 결투자, 나의 대장, 코만도르스키예.
나는 그의 주검을 끌고 눈 덮인 평원을 건넜다. 허리엔
손바닥 두 개만한 은빛, 금속 허리띠를 둘렀다.
눈물이, 눈물이, 열대우림의 무서운 빗줄기처럼 온통
내 가슴속을 헤집으면 어떠랴. 나는 빛나는 금속
허리띠를 두르고 대장과 작별했다. 패배인들 어떠랴.
영원한 패배인들 어떠랴. 나는, 대장의 딱딱한
신발을 이어받아 또하나의 코만도르스키예가 되었다.
결투! 오늘, 오호츠크해 연안의 물개들은 평화롭다.

나의 물고기 남자

나의 물고기 남자가 트럭에 오른다. 트럭이 달린다. 트럭이 흔들린다. 충돌한다. 물고기 남자의 트럭이 부서진다.

나의 물고기 남자가 부서진 트럭에서 빠져나온다. 바닷물이 흘러내린다. 바닥에 쓰러졌던 나의 물고기 남자가 일어선다. 나의 물고기 아이들과 마주친다. 나의 물고기 아이들이 물거품처럼 흩어진다. 나의 물고기 여자와도 마주친다. 나의 물고기 여자는 황급히 가던 길을 바꾼다.

나의 물고기 남자가 둑둑둑 걸어서 나에게 온다. 문을 부순다. 커다란 물고기 남자는 겨우, 간신히, 부서진 문을 통과해 안으로 들어온다. 물고기 남자가 쓰러진다. 커다란, 아주 커다란 물고기 남자가 내 앞에.

왕십리 올뎃

왕십리는 왕십리
하늘 아래 왕십리. 가을 왕십리.
부서지는 낙엽 언덕
내려올 때에도 왕십리는 왕십리.
가을, 왕십리의 왕십리. 둘도 없는 왕십리.

겨울, 왕십리는 보았음.
가을날의 그녀가 목도리를 두른 남자와 사랑에 빠졌음.
언덕 아래 누워 있던
목 없는 겨울 아줌마의 어떤, 누구라고 들었음.
그녀에게 들었음.
그해 겨울, 그래도 왕십리는 왕십리.
목 없는 사람들이 몰려와
눈보라 골짜기에
가을밤을 하얗게 밀어넣을 때에도
왕십리는 왕십리. 가을 왕십리.

여름, 웨딩홀 앞에서도 왕십리.

목 없는 나무가 있고, 겨울이 있고
목 없는 사람이 있고, 누군가의 봄이 있고
그녀도 거기 있었음.
그래도 왕십리는 왕십리
가을 왕십리
왕십리를 걸었음.
지난봄, 지하철역 앞에서
그녀를 보았음. 봄날의 그녀는
왕십리를 초대했음. 결혼식에 초대했음.

미국 사람도, 일본 사람도 초대했음.
그러나 왕십리는 왕십리
가을 잎 떨어지는 왕십리에 있었음.
그날은 슬금슬금, 가을비를 안고서
비 내리는 왕십리를 종일 걸었음.

삐딱하게 주차를 한, 타조 알 같은
차에서 내리는 여자와 맞닥뜨렸음.

여자가 소리쳤음.

왕십리?

옆자리에 앉아 있던 달걀 같은 여자가 따라 내렸음.

왕십리?

두 여자는 그녀들끼리 마주보고 소리쳤음.

왕십리?

그래도 왕십리는 왕십리. 뿌리치고 걸었음.

비 내리는 왕십리를 마냥 걸었음.

가을 왕십리

봄이 와도 왕십리, 밤이 와도 왕십리

낼모레도 왕십리

가을 왕십리.

울긋불긋 단풍 들 것 같지만 그건 아닌 왕십리

그래서 쓸쓸할 것 같지만 그건 아닌 왕십리

그래서 무너질 것 같지만 그건 아닌 왕십리

물결치는 왕십리, 그래봤자 왕십리. 리얼 왕십리

왕십리의 왕십리, 아직 왕십리.

타조 알도 올뎃. 널모레도 올뎃. 하늘 아래 올뎃.
가을 가득, 올 댓……
둘도 없는 왕십리. 끝도 없는 왕십리
가을날의 왕십리. 올 댓 왕십리.

요코하마의 푸른 다리

요코하마의 블루 브리지는 1미터 59센티미터
이렇게 짧은 다리.
개울도 강도 없이
이곳에서 저곳으로 건너는 다리.

바닥이 푸른 다리
건너는 사람마다 발바닥에
푸른 물감이 묻어나는 다리.
모두들 푸른 발자국을 찍으며
건너는 다리.

요코하마의 블루 브리지는 1미터 59센티미터
이렇게 짧은데 폭마저 좁은 다리.
기차도 자동차도 건널 수 없고
두 손을 마주잡고 건널 수도 없지만
큰 배가 건너가는 다리.

가슴에

텅 빈 배
한 척을 안고
푸른 바다를 건너는 다리.

논센소

무의미를 뜻하는 말입니다. 나는 이 말을 책상 위에 올려
놓았습니다. NOnSEnso. 이렇게 생겼습니다. 붉은 껍질을
가졌습니다. 껍질을 열어보겠습니다. 물렁물렁합니다. 양
쪽으로 갈라집니다. 껍질의 안쪽은 검붉은 색입니다. 껍질
을 가르니 더 깊은 속이 들여다보입니다. 아주 엷은 붉은
색입니다. 껍질을 마저 벗겨내지 않고 나는 책상 위에 그
것을 올려놓았습니다.

Non SEnso. 이렇게 보이지는 않습니다. 그냥 껍질이 갈
라진 논센소입니다. 낮에는 보지 않기로 했습니다. 보지 않
아도 생각할 수 있기 때문입니다. 그래서 밤에만 봅니다.
내가 처음 만든 말은 아닙니다. 하지만 내가 처음 만들어
낸 말처럼 들여다봅니다. 크게 보일 때도 있지만 그리 크지
는 않습니다. 껍질을 갈라보았지만 더 깊은 속을 볼 필요
는 없습니다. 그냥 논센소입니다.

아무도 모릅니다. 논센소도 나를 알아보지 못한다면 더
좋겠습니다. 이것은 매일 변하기도 하지만 매일 다르게

도 보입니다. 그래서 밤마다 들여다보아야만 합니다. 영원히 변치 않을 나만의 논센소이기를 바라지만, 매일 변합니다. 그래도, 꼭 NOnSEnso 이렇게는 생겼습니다. 나의 논센소! 그것은 내게, 또 한 번, 이 여름을 살게 하고, 바라보고, 증오하고, 침묵할 수 있는 기회를 주었습니다. 나의 논센소.

샤를로트 엘렌

그녀를 위해 오로라를 만든다.
황혼을 만든다.
검푸른 지붕들을 세우고
지는 해의 붉고 엷은 햇빛을 적신
구름을 올린다.

그녀를 위해 제비꽃을 만든다.
보랏빛 입술에
달걀흰자를 바르고, 시럽을 바르고
그녀의 입술을 수정처럼 굳힌다.

그녀를 위해 손가락을 만든다.
거품을 만든다.
손가락들을 세우고 흰 거품을 채운다.
바닐라 향을 첨가한다.

*

산딸기.
여자아이 1, 2, 3
남자아이 1, 2, 3
그리고 나,
함께 따던 산딸기.

두 손에 가득 붉은빛이 쌓일 때
무섭게 비가 내리고
여자아이 1, 2, 3
산딸기 잃고
남자아이 1, 2, 3
산딸기 잃고

나,
산딸기 으깨지고
신발 한 짝 사라지고
산기슭 빈집에서
여자아이 1, 2, 3

나, 먼저 갈게.
남자아이 1, 2, 3
나, 먼저 갈게.

나, 혼자
잃어버린 산딸기, 생각하다가
갑자기
산 아래 지하철역 환승장에서
여자아이 3
줄무늬 바지를 입고
딸기 같은 얼굴로
나의 길을 막는다.

나, 먼저 갈게.
으깨진 산딸기만 생각하다가
나, 먼저 갈게.
나는 떠난다.

*

산딸기.
시간이 멈춘 창가에 앉아
그녀를 위해 오로라를 만든다.
제비꽃을 만든다.
창밖의 하늘에 구름을 올린다.

남자아이 1, 2, 3
여자아이 1, 2
그리고 3
모두 모여 손가락을 만든다.

그날처럼 무섭게 비가 내리고
늙은 남자아이 1, 2, 3
덜 늙은 여자아이 1, 2
줄무늬 여자아이 3

모두 모여 흰 거품을 만든다.

안녕, 산딸기.

바닐라 향을 첨가한다.

안녕. 엘렌.

그 칼

손잡이가 검은 그 칼, 내가 사왔지.
지하 이층, 내려가던 길.
손잡이가 검은 칼, 매끈한 그 칼, 예리한 그 칼.

지상으로 올라왔지. 그 칼을 들고.
손잡이가 검은 그 칼. 내가 사왔지.
손잡이가 검은 칼, 매끈한 그 칼, 오늘밤, 그 칼.

빛나는 그 칼, 새하얀 그 칼,
손잡이가 검은 칼.
울부짖는 기둥 같은 칼.

빵공장으로 통하는 철도로부터 23년 뒤-2

구름이 내 손을 묶고, 발을 묶고
높은 지붕 위에 나를 올렸다.
다음날,
내 입을 막고, 눈을 가리고
가을 숲에 나를 던졌다.
그리고
구름은 그의 차가운 발자국들을
내 얼굴 위에 쌓아놓고
떠났다.

다음날. 배나무 가지 저 끝에서 태양은 빛난다.

아이의 가방 속에는 여러 마리의 작은 낙타들이 들어 있다. 아이는 달리기 시작한다, 불룩한 가방 안에서 연필들이 덜커덕거린다. 가방 속에 들어 있던 작은 낙타들이 좌우로 휩쓸린다. 낙타들이 뒤집힌다. 달아나는 아이의 뒤를 따라 한 여인이 달리기 시작한다.

달아난다. 달린다. 강을 건넌다. 아이는 또 달리다가 걸음을 멈춘다. 천천히 걷기 시작한다. 한참을 걷고 있을 때, 뒤를 쫓던 여인이 달려온다. 아이의 불룩한 가방을 뒤에서 붙잡는다. 달아나는 아이를 돌려세운다. 가방 속의 낙타들이 또 뒤집힌다.

아이의 머리 위로 여인의 목소리가 햇빛이 되어 쏟아진다. 아이는 말이 없다. 아이의 가방에 들어 있던 여러 마리의 작은 낙타들은 이리저리 휩쓸리고 뒤집히다가 목이 부러지고, 다리가 부러지고, 배가 터져버렸다.

다음날

두 개의 기둥이 있었다. 하나의 몸으로 붙어 있는 살아 움직이는 기둥이었다. 나는 손가락 끝으로 기둥을 어루만졌다. 한쪽 기둥 속에서 낙타들의 거친 숨소리가 흘러나왔다. 다른 한쪽 기둥 속에서는 누군가 달려가는 발소리가 들렸다. 나는, 나의 날개를 잘라 두 개의 기둥 위에 걸었다. 내 등뒤에서 오랫동안 조금씩 돋아난, 얇고 커다란 날개였다. 나의 날개가 기둥들을 품고 펄럭였다. 날개 위로 어둠이 쏟아져내렸다. 잠시 후, 두 개의 기둥이 날개를 펄럭이며 어둠 속으로 날아갔다. 나는 강물처럼 흘러서 세상 밖으로 나왔다. 택시를 탔다.

새로 단 문밖에는

오래된 국숫집에서 칼국수를 먹습니다.

오래된 벽을 타고 수증기가 흐릅니다.

새로 단 문밖에는 장맛비가 내립니다.

두 마디 말도 없이 칼국수를 먹습니다.

오래된 벽을 타고 수증기가 내립니다.

새로 단 문밖에는 장맛비가 내립니다.

현실은 내 웃음을 모방한다

세상의 모든 집들이 내 증오를 모방한다. 무거운 지붕을 덮고 문을 걸어 잠근다. 한밤의 거리는 내 눈동자를 모방한다. 검은 호수에 누워 있을지라도 가라앉지 않는다.

한낮의 소리는 내 손가락을 모방한다. 갈라지고 흩어진다. 허공만을 움켜쥔다. 한낮의 우울은 내 목소리를 모방한다. 너를 향해 울린다.

그리하여 너는 내 우울을 모방한다. 동그랗게, 동그랗게 통통해진다. 먹구름은 내 두려움을 모방한다. 땅은 비에 젖는다. 축축한 내 절망을 모방한다.

봄은, 가을은, 달아나는 나를 모방한다. 망설이는 나를 모방한다. 겨울은, 여름은, 내 가슴속의 돌들을 모방한다. 쌓인다. 무너진다. 사라지는 나를 잊으려 하지 않는다.

현실은 내 웃음을 모방한다. 벽들이, 벽돌들이, 그런 아이들이 웃는다. 텅 빈 복도에는 아무도 없는데, 세상의 모든 것들이 나를 모방한다. 길을 막는다. 길을 막는다.

유령이여 안녕

올겨울엔 유령이 나오는 책 다섯 권을 시중에 뿌리기로 했습니다. 시원한 냉동 참치를 녹여 먹으면서, 묻어두었던 악몽을 불러내기로 했습니다.

참치 식당 별실에 모인 우리는 술도 한잔 걸쳤습니다. 적당히 악령들이 퍼지면 우린 먼 곳으로 튈 계획입니다. 잔인한 미소가 걸린 우리들의 얼굴은 신이 나서 노랗게 들떠 있었습니다.

마침 그 자리는 우리가 황제펭귄 한 놈을 냉동시키기로 결정했던 장소였습니다. 첫번째 놈으로 황제펭귄의 냉동 유령을 선택했다는 말입니다. 두번째와 세번째는 새로 구하기로 했습니다.

무시무시한 놈으로 구할 겁니다. 닭대가리를 닮은 놈과 왕지렁이처럼 크고 축축하되 더 질긴 게 좋겠지요. 네번째는 영국산, 다섯번째는 비장의 국내산으로 정했습니다.

아마 네번째는 암놈일 겁니다. 그렇지만 아주 큰 놈입니다. 삐죽삐죽합니다. 날카롭지요. 비장의 국내산은 거대한 창자 같기도 하고, 오물 같기도 하고, 박 터진 두개골 같기도 합니다.

올겨울엔 이 다섯을, 흉측한, 끔찍한, 이것들을, 시중에 풀어놓을 겁니다, 우린 이미 여러 번 대구탕, 동태탕, 육개장, 곰탕 등을 먹으며 익숙해진 편이지만, 그래도 안 봅니다. 이것들을 풀어놓고 은밀한 곳으로 튈 겁니다.

책 다섯 권. 이게 우리들의 암호지요. 지금도 신이 나서 노랗게 들떠 있습니다. 우선 오늘은 터미널로 갑니다. 각자 다른 시간에 시외버스를 타고 모처에서 만날 예정이지요. 산 채, 죽은 채, 통째, 뼈째 구워 먹고 비벼 먹으며 또 한잔 걸칠 겁니다.

내 버스엔 황혼이 걸렸습니다. 안주머니에 넣은 노란 지폐가 심장을 쾅쾅 때립니다. 가슴이 뜁니다. 실핏줄이 떨립니다. 버스를 몰고 가는 황혼의 운전기사는 냉동 참치 대가리를 닮았습니다. 뒷자리엔 새 같은 사내가 뻣뻣하게 뻗어 있습니다.

나도 이승에선 한 번쯤, 깊숙이 파묻어버린 끔찍함을 모두 드러낸 섬뜩한 유령이면 좋겠습니다. 두번째나 세번째로 우리가 택할 대단한, 흉측한, 그것들이, 우리들이 되어도 좋겠습니다. 무시무시한 닭대가리, 질긴 가죽지렁이라면 좋겠습니다.

내 시간엔 황혼이 붉습니다. 좋겠지요. 그래요. 갑니다. 튑니다. 황혼이 붉습니다.

내 봄날은 고독하겠음

모란에 갔었음. 잘못 알았음.
그곳은 병원인데 봄날인 줄 알았음.
그래도 혹시나 둘러만 볼까, 생각했는데, 아뿔싸
고독의 아버지가 있었음. 나를 불렀음.
환자용 침상 아래 납작한 의자에 앉고 말았음.
괜찮지요. 괜찮지. 온 김에 네 집이나 보고 가렴.
바쁜데요. 바빠요, 봐서 뭐해요. 그래도 나 죽으면
알려줄 수 없으니, 여기저기, 여기니, 찾아가보렴.
옥상에 올라가서 밤하늘만 쳐다봤음. 별도 달도 없었음.
곧바로 내려와서 도망쳐왔음.
도망치다 길 잃었음. 두어 바퀴 더 돌았음.
가로등만 휑하니, 내 마음 썰렁했음. 마침내 나 죽으면
알려줄 수 없는 집, 여기저기 맴돌다가 빠져나왔음.

모란에 다시 갔음. 제대로 갔음. 길바닥에 서 있었음.
내 봄날이 달려왔음. 한때는 내 봄날, 스무 살이었는데, 이젠
쉰 살도 넘었음. 그래도 내 봄날의 스물두 살 시절,
남산공원 계단을 내려오던 그날에, 내 두 눈이 번쩍 뜨이고

내 가슴속의 쇠구슬들이 요란하게 덜커덕거렸음.
분홍 신, 남빛 치마 잊히지 않는, 계단을 내려오던 내 봄날.
앗, 봄날, 아, 봄날, 그날 오후 내 봄날이, 봄날, 봄날, 봄날.
여기도 봄날, 여기도 봄날. 봄날을 속삭였음. 세월은 갔음.

모란에 갔었음. 봄빛 다 지고, 초가을에 갔었음. 쉰 살 넘은
내 봄날을 다시 만났음. 밥 먹었음, 차 마셨음. 손 내밀었음.
내 손등, 봄날 손등. 찻잔 옆에 모아놓고 보니, 마음만 휑했음.
그래도 내 봄날은 아름다웠음. 다정하고 쌀쌀했음. 그 봄날이,
죽기 전에 다시 올게, 네 죽음을 지켜줄 그 누구도 없다면.
봄날이 내게 말했음. 누가 있겠음? 나 혼자 밥 먹었음.
내 봄날만을 생각했음. 푸르른 나뭇잎 하나
억지로, 쉰 살 넘은 내 봄날의 가방 속에 넣어주고⋯⋯
파도 소리 들리는 바닷가 유치원의 점심시간.

요리사가 된 내 봄날이 아침부터 요리를 하고
뒤뚱대고, 자빠지는 아장아장 새싹들이 오물오물 점심을 다
먹고 나면, 바닷가 빵집 지나, 섬마을 우체국 지나 쉰 살 넘은

내 봄날이 파도 소리 들으며 집으로 돌아가는 길.
그 길에 모란이 있었음. 그 길에서, 긴 총 옆에 놓고
비탈에 누워 있었음. 총알은 없음. 오래전 남산공원
계단에서 덜커덕거리던 내 가슴속 쇠구슬들이 단거리 대공포
총탄이 되고, 무거운 포탄이 되니, 가슴이 무거워서 누워 있었음.
가을도 내 옆에, 총알 없는 빈총처럼 뻗어 있었음.
가슴이 무거워서 나자빠져 있었음. 그런 모란에 갔었음.

잘못 알았음. 그곳은 병실인데 또 잘못 알았음. 아뿔싸,
겨울이 왔음. 창밖엔 크리스마스트리 반짝이는데, 누가 있겠음?
아직도 치료중인 내 봄날, 이번엔 고독의 할아버지가 부르셔도
환자용 침상 아래 이 끈적한, 납작한 의자엔
앉지 않겠음. 내 봄날은 고독하겠음. 누가 있겠음?

나는 네가

나는 네가 시냇물을 보면서 화내지 않았으면 좋겠다.
시냇물이 흐르다가 여기까지 넘쳐도 화내지 않았으면 좋겠다.

나는 네가 목련 나무 앞에서 웃지 않았으면 좋겠다.
흰 목련 꽃잎들이 우르르 떨어져도 웃지 않았으면 좋겠다.

나는 네가 밤 고양이를 만나도 겁먹지 않았으면 좋겠다.
밤 고양이가 네 발목을 물어도 그냥 그대로 서 있으면 좋겠다.

나는 네가 꿈꾸지 않았으면 좋겠다. 창밖의 봄볕 때문에
잠들지 않았으면 좋겠다. 꿈에서 영롱한 바닷속을
헤엄치지 않았으면 좋겠다.

나는 네가 인공 딸기 향이 가득 든 고무지우개라면 좋겠다.
인공 딸기 향을 넣은 딱딱한 고무로 만든
그런 치마만 366일 입었으면 좋겠다.

나는 네가 오래도록 우울하면 좋겠다.

아무도 치료할 수 없었으면 좋겠다.
그래도 나는 네가 아프지 않았으면 좋겠다.

나는 네가 아무것도 아니라면 좋겠다.
이 세상에도 없었으면 좋겠다. 그 대신 너를 닮은
시냇물, 우르르 떨어지는 큰 꽃잎들,
달빛 아래 늘어진 길고 긴 밤 고양이의 그림자,
꿈속의 바다. 그리고 고무지우개.
그런 것만 있었으면 좋겠다.

나는 네가 화내지 않았으면 좋겠다.
웃지도 않았으면 좋겠다.
어느 날 어느 순간 갑자기, 이 세상에 네가 없을 때에도
나는 끝까지 살아남아 네 모든 것에 어찌할 수 없도록 얽매인
불행이라면 좋겠다.

달을 한입 베어 물면

달을 한입 베어 물면
한 묶음의 발가락들이 허공에서 떨어진다.
얇은 발가락
뻣뻣한 발가락

달을 또 한입 베어 물면
칙칙한 누군가의 발이 문을 열고 들어와
방안에 쌓인
부풀어오르는 발가락
멍든 발가락
접시 위에 올려놓으면 쿵쿵, 소리를 내는 발가락
그 발가락들 가운데 한 묶음을 가지고 나간다.

술 취한 발이, 바다에서 나온 발이
돼지 냄새 나는 발이, 흙 묻은 발이
바스락거리는 가을의 발이
복면을 쓴 12월의 발이
문을 열고 들어와

한 묶음씩, 허공에서 쏟아진 내 발가락들을
가지고 문밖으로 나간다.

즐거운 사람에게 겨울이 오면

즐거운 사람에게 겨울이 오면
눈보라는 좋겠다.
폭설에 무너져내릴 듯
눈 속에 가라앉은 지붕들은 좋겠다.

폭설에 막혀
건널 수 없게 되는 다리는 좋겠다.
겨울 강은 좋겠다.
그런 폭설의 평원을 내려다보는
먼 우주의 별들은 좋겠다.

즐거운 도시를 지난 즐거운 사람은
눈보라 속에 있겠다,
어깨를 움츠린 채 평원을 바라보고 있겠다.
무너져버린 지붕들을 보겠다.
건널 수 없는 다리 앞에 있겠다.
가슴까지 눈 속에 묻혀 있겠다.

하늘은 더 어둡고, 눈은 펑펑 내리고,
반짝이던 도시의 불빛도 눈보라에
지워지고, 지나온 길마저 어둠 속에 묻히고,
먼 우주의 별들도
눈보라에
묻히고.

즐거운 사람은 점점 더 눈 속에 빠지고
가슴까지 빠지고
어깨까지, 머리까지 빠지고.

아주 먼 우주의 겨울 별들은 좋겠다.
밤은 좋겠다.
점점 더 눈 속에 파묻히는 즐거운 사람을 가진
폭설의 겨울은 좋겠다.

파묻힌 사람을 가진 겨울은 좋겠다.
파묻힌 사람을 가질 수 있는 겨울은 좋겠다.

얼어붙은 겨울 강은 좋겠다.
폭설에 묻혀, 그 누구의 눈에도 보이지 않는
건널 수 없는 다리는 좋겠다.

즐거운 사람에게 겨울이 오면
눈 덮인, 막막한,
추운, 그 누구의 눈에도 보이지 않는,
안타까운, 밤새도록 바람만이 붕붕대는, 간절한,
눈 속에 다 묻혀버린,
저 먼 우주까지, 소리 없는,
겨울이 오면.

할머니들의 동그라미

쪽진머리, 은비녀, 할머니의 언니와, 할머니의 동생과, 할머니의 사촌들과 동무들의 새색시 시절에

할머니들의 동그라미 하나 솔밭에서 태어나 지붕 위의 도깨비와 구르다가, 장독 뒤의 두꺼비와 구르다가 우물 속에 빠져, 죽고 말았다.

할머니의 언니와, 할머니의 동생과, 할머니의 사촌들과 동무들이 모두 늙어, 고운 시절 다 진 뒤에

우물 속에 빠져 죽은 동그라미, 그 동그라미를 꼭 빼닮은 동그라미 하나가 다시 태어나 이 할머니, 저 할머니, 할머니들의 무덤가를 구르다가 도깨비와 두꺼비를 만났다.

다시 또 구르다가, 물속에 빠져, 죽고 말았다. 가슴이 아프다. 고요가 아프다. 바람 소리가 아프다. 양배추가 아프다. 두통약이 아프다. 쇠파이프도 아프다.

2

나의, 단풍잎 같은 생일 아침

한여름 해바라기처럼 쑥쑥 자라다가
갑자기 콩알만큼 작아져버린 심장을 가진 아이들.

적당히 자라려고 했는데
오른발만 자라고
왼손만 자꾸자꾸, 축구장 두 배만큼 넓어진
거대한 손바닥을 가진 아이들이 문밖에 모여 있다.

핀란드 도서관

원하는 만큼 충분히. 핀란드 도서관에는,
따뜻한 불빛, 제멋대로 놓여 있는 책들, 달콤한 것들.
원하는 만큼 충분히 하늘에서 쏟아질 듯, 따뜻한 밤이었음.
노르웨이, 스웨덴, 그 옆의 핀란드는 아니었음. 도서관도
아니었음. 처음에는 나도 알지 못했음.
입구에 누군가가 써놓은 작은 글씨 하나, 핀란드 도
서관. 윗줄에 '핀란드 도' 그리고 조금 아랫줄에 '서관'
그런 핀란드였음.

어제는 농구장, 삑삑삑, 후다닥, 선수들의 연습장에
갔었음. 코치 만났음. 난, 농구 모름, 잘 모름.
아무튼 만났음, 짧게 눈인사만 하고 빠지려고 했는데,
아, 후원자시라구요, 보호자시라고요. 반갑, 고맙.
아, 넷, 예. 그렇게 얼버무리고 농구장을 나왔음. 그 선수
난, 잘 모름. 하지만 지난주 일요일 아침,
노란 깃발 찾으러 얕은 개울 건너 겨우겨우 찾아간
왼쪽 집, 나를 닮은 여자아이들이, 어, 그런 깃발 모릅니다.
뒷집까지 갔다가, 오른쪽 집에서. 아, 깃발.

할아버지 한 분, 노란 깃발! 소리 듣자마자
입다물고, 눈감았음.
한참 동안 침묵. 왠지 쓸쓸한 침묵. 깃발은 못 찾았음.

그 노란 깃발을 찾으면, 원하는 만큼 충분히.
나에게 남긴 유언, 나에게 씌워진 숙명, 그 노란 깃발
찾으려면 농구장에 가보게나, 개울 건너 꽃길 지나,
선수들의 연습장. 다음에는 붉은 산, 다음에는 검은 산,
그다음에는 무슨 산. 또 무슨 산.
그렇게 한 달, 두 달, 십 년, 백 년, 아저씨와 맴,
코끼리와 맴, 벚나무와 맴돌라 하니
모르겠다. 담쌓았음. 마음의 벽 세웠음, 세상의 문
걸어 잠갔음. 노란 깃발 새로 만들었음.
진짜처럼 만들었음. 벽에 걸었음.

원하는 만큼 충분히. 핀란드 도서관에는,
아무도 없음, 아무도 못 들어옴. 아무도 모름. 누구도
찾지 않음, 노란 깃발 벽에 걸고, 나만 살고, 나만 놀고,

따뜻한 불빛, 제멋대로 놓여 있는 책들, 달콤한 것들.
원하는 만큼 충분히 하늘에서 쏟아질 듯,
그런대로 따뜻한 밤이었음. 삑삑삑, 후다닥, 그 선수
어디론가 사라지고, 쿵쿵쿵,
아랫집의 한 사내, 어젯밤 사망했다는 소리. 개울 건너
오른쪽 집, 그 할아버지 사망했다는 소리,
이 산 저 산, 무슨 산, 또 무슨 산의
내 숙명 같은 노루도, 나를 닮은 어린 짐승들도 산불에
새까맣게 타 죽었다는 소리, 못 살겠다는 소리,
죽는다는 소리, 죽었다는 소리, 더는 못 놀겠다는 소리,
지랄, 지랄, 지랄, 지랄,
핀란드 도서관의 문짝 갈라지는 소리.

벽에 걸린 노란 깃발 떨어지는 소리. 그래도 아니 그런 척,
아니 죽은 척, 귀 막고, 원하는 만큼 충분히,
원하는 행복 충분히, 원하는 고통 충분히, 원하는 슬픔
충분히, 나만 살고, 몰래 살고. 아니 죽은 척 살고……
따뜻한 불빛, 내 눈에만 불빛, 사라지는 불빛.

진짜 노란 깃발 펄럭이는 소리, 핀란드 도
서관 무너지는 소리. 내 소리 끊어지는 소리.

별

혼자 속삭이면 무지개가 됩니다. 별.
또 한 번 속삭이면 골목길이 됩니다. 별.
그래서 자꾸 속삭이면 구슬처럼 구릅니다. 별.

홀로 속삭이면 자꾸 구릅니다. 별.
구르고 굴러서 저 혼자 떠납니다. 별.

내가 여기까지 왔을 때
내가 이만큼 왔을 때
내가 아직 여기 남아 있는데도. 별.

저 혼자 떠납니다.
나를 여기 남기고 떠나기만 합니다. 별.

끝내 내 곁에는 별이 하나 없어도. 별.
저 하늘을 유영하는
들개, 까마귀, 늑대, 사이공, 병따개, 레바논, 유키.

혼자 속삭입니다. 별.

좀 이쁜 누나, 순수 연정님

'좀 이쁜 누나, 순수 연정'님은 〈하오의 연정〉 영화의 여주 인공 같기도 하고, 아니기도 하지만.

그런 누나 하나 있으면, 내가 기차역 갈 때 내 가방 들고 역 앞까지 가주는 누나(무거운 짐 아님). 그래서 내 책꽂 이에 꽂아두고 싶은 누나. 내 책들을 이놈 저놈 읽다가 물 엎질러도 괜찮은 누나.

그러면 책 두 권 새로 사서 내 책꽂이에 넣어줄 누나(아님 말고). 아무튼 '좀 이쁜 누나, 순수 연정'님은 옛날 옛적 흑 백영화의 흑 같기도 하고, 백 같기도 하지만, 둘이서 함께 바다까지 갔다가 나만 몰래 돌아와도 괜찮을 듯, 하고,

시베리아 벌판까지 갔다가 거기 그냥 홀로 두고 와도 여 전히 '좀 이쁜 누나, 순수 연정'님, 일 것 같기도 하고, 아니 기도 하고. 먼 무인도까지 옛이야기 속삭이며 갔다가 나만 혼자 돌아오면 재미있을 것 같기도 하고.

그런데 알고 보니 '좀 이쁜 누나, 순수 연정'님은 '선생님 녀 냉 연정'님. 나를 빵집으로 끌고 가서 빵 두 접시 먹이 시고, 중국집에 끌고 가서 짜장면 두 그릇 먹이시고, 나 를 또 끌고 가서 나무망치 두 개 사서, 환풍기 두 개 사 서……

'선생님녀 냉 연정'님은 나더러 웃어라 하시고, 앉으라 하 시고, 들어가라 하시고, 나오지 말라 하시며, 내가 입고 가 려던 바다 옷도, 무인도도, 가방에 넣어 가려던 벌판 옷도, 내 책꽂이의 우울한 책들까지 다 챙겨서 문을 닫아주셨습 니다. 문.

흑백입니다. 그래서 더 화려합니다. '좀 이쁜 누나 순수 연 정'님은 〈하오의 연정 Love in the afternoon〉 영화에서 본 여주인 공 같기도 하고, 아니기도 하지만. 화려한 날들이 보입니 다. 이제는 가물가물 보입니다. 그래도 보입니다.

사바나 초원에서 만나면

봄은;
기린이 되고 싶은 고양이
초원을 달리는 바람의 고양이가 되고 싶은 고양이
누구의 시선에도 걸리지 않는
나무 위의 고양이
구름 속의 고양이
달빛을 뛰어넘는 바람 고양이.

여름은;
멈추고 싶은, 잠들고 싶은 고양이
뜨거운 고양이가 되고 싶은 고양이.

가을은, 겨울은, 또 봄은;
두 귀에 붉은 꽃이 돋아나는 고양이
사람의 구두를 신은
반쪽 고양이.

사바나 초원에서 만나면

함께
물 마시자.

당나귀 달력으로 30년

캄캄한 어둠이었음. 무서운 동굴이었음. 끔찍한
땅속이었음. 땅 밖의, 굴 밖의
하늘에는 번개가 치고 어둠이 박살날 듯
천둥이 치고, 천둥 당나귀가 물었음. 굴속 당나귀가
답했음. 나는 당나귀. 황금 당나귀. 황금빛 심장을
가진 당나귀. 황금 귀를 가진 당나귀.
귀가 아팠음. 벼락 당나귀가 황금 귀를 물었음.
어디서 왔음? 하늘에서 떨어졌음. 구름 속에
있었음. 귀가 아팠음. 사실은 거짓이었음. 캄캄한
어둠이었음. 귀신 당나귀들이 줄줄이 황금 귀를 물었음.

무서운 동굴이었음. 육갑신장 당나귀가 잠든 사이,
처녀귀신 당나귀가 목욕하러 간 사이, 굴속 당나귀는
굴을 파고 달아났음. 딴 세상에 떨어졌음.
매서운 눈초리의 백발 당나귀 방에 떨어졌음.
백발의 당나귀가 물었음. 새빨간 당나귀를 아는가?
퍼런 당나귀를 아는가? 당나귀는 당나귀지?
백발 당나귀가 벽을 꽝꽝 치자마자,

육각 당나귀, 팔각 당나귀, 곰발바닥 당나귀,
너구리 눈두덩이 당나귀, 암평아리 당나귀,
돼지 꼬리 당나귀, 줄줄이 들어왔음. 당나귀들과
인사했음. 굴속 당나귀? 컴컴 당나귀?

당나귀 국수 먹으러 당나귀
식당에 가고, 당나귀 술 마시러 당나귀
거리에 가고, 당나귀 고기 지글지글 굽다보니
가을이 오고, 첫눈도 내리시고, 황금 당나귀는,
굴속 당나귀는, 당나귀 거리의, 당나귀 마당에서
수박 당나귀와 혼인을 했음. 당나귀 화폐 30원을
가지고, 당나귀 언덕에 살림 차렸음. 당나귀
골짜기에 눈이 내리고, 당나귀 골짜기에
별이 내리고, 당나귀 기차가 지나가고,
당나귀, 당당나귀, 황혼이 지고.
배 아파도 당나귀, 골 아파도 당나귀, 황금 당나귀.

당나귀 달력으로 30년이 지나서, 수박 당나귀 무덤가,

깊고 깊은, 당나귀 골짜기에 굴러떨어졌음.

육갑신장 당나귀가 밀었음. 처녀귀신 당나귀는

침묵했음. 엉덩이가 두 쪽 난 당나귀. 앞발 뒷발 다

부러진 당나귀, 캄캄한 어둠이었음. 끔찍한

바닥이었음. 골짜기 위에서는……

당나귀 지옥에도 없는 당나귀!

암흑 당나귀. 컴컴 당나귀, 허위, 날조, 위조 당나귀!

귀신도 버리고 간 당나귀, 개떡갈나무 당나귀!

천둥이 치고,

당나귀 달력으로 30년, 골짜기엔 밤새도록 비가 내렸음.

요괴들의 점심 식사

불룩한 요괴와 넓적한 요괴. 가마솥 해장국집에서 해장국을 주문한다. 따로따로 해장국을 먹던 시커먼 요괴 둘이 뒤를 돌아본다. 불룩한 요괴도 못 본 척. 넓적한 요괴도 못 본 척한다. 오후 3시, 늦은 점심 식사. 나는 해장국을 먹는다.

불룩한 요괴와 넓적한 요괴. 시커먼 요괴, 더 시커먼 요괴, 요괴들은 삭았다. 주방에 있는 조금 튼튼해 보이는 요괴와, 해장국을 나르는 아직 새것처럼 보이는 요괴도 이미 다 낡았다. 내 얼굴도 삭았다.

서로 모른 척하려는 요괴, 그래도 마주치는 요괴, 여전히 모른 척하는 요괴, 플라스틱 폐품 같은 요괴, 엉덩이도, 얼굴도 폐품이 되어버린 요괴, 가슴에 큰 구멍이 난, 너덜너덜한 요괴. 오후 3시의 늦은 점심 식사. 너덜너덜, 해장국을 먹는다.

'나-수탉'은 오늘

'나-수탉'은 오늘 지하철을 탔다. 수탉들의 지하철은 더럽다. 함께 탄 시커먼 수탉들도 더럽다. 의자도 손잡이도 더럽다. 수탉인 주제에 목에 걸고 있는 목걸이도, 신고 있는 신발도, 모자를 눌러쓴 꼴같잖은 수탉의 트럼펫도 더러울 뿐이다. 이렇게 더러운 지하철 안에, 깨끗한 바지, 깨끗한 신발, 깨끗한 머리카락을 곱게 늘어뜨린 어여쁜 인간의 암컷 하나, 미안한 일이지만, 앉아 있기로 하자. 암탉들은 한 마리도 보이지 않는다. 모든 수탉놈들은 그저 그놈들끼리 더러울 뿐이다.

수탉들의 지하철은 엉망진창이다. 마구 떠들고, 노래하고, 더러운 날개를 계속 퍼덕이고, 서로 달려들어 쪼아대고, 올라타고, 오줌 싸고 똥 싸고, 더러운 냄새. 더러운 것들이 넘치고 넘쳐, 지하철은 난장판이다. '나-수탉' 역시 더러운 수탉일 뿐이다. 그래도 인간의 어여쁜 암컷 하나 창가에, 이 더러운 지하철이 아무렇지도 않은 듯, 미소를 지으며 앉아 있기로 하자. '나-수탉'은 오늘, 그런 엉망진창 지하철을 탔다. 그런데, 어여쁜 그 암컷이 얼마나 어여쁜지 바

라볼 겨를도 없이,

'나-수탉'의 앞뒤에서 가장 더러운 수탉 두 놈이 서로 쪼
아대며 싸우는 통에, '나-수탉'이 내려야 할 정류장에 도착
하려면 한참을 더 가야만 하는데, 다음 역의 문이 열리는
순간, 그놈들에게 떠밀려, 문밖으로 밀려났다. 그놈들과
함께 바닥에 넘어졌다. 또 다른 수탉 놈들에게 밟히고, 막
혀버린 사이에 지하철은 떠났다. 이런! 더러운 수탉……

바나나 나무처럼, 수선화처럼

빈방을 예약한다,
예약은 토요일
나는 큰 침대를 끌고 간다.
금요일 저녁
침대를 선술집 밖에 세워놓고
흑맥주 한 병을 마시는 동안
커다란 물병을 가슴에 안은 소녀가
내게 할머니처럼 말을 건다.

무너진 바나나 나무처럼

저게 뭐요?
나는 그 말을 '꿈이 뭐예요?'라고 바꾸어 듣는다.
소녀는 말이 없다.

불타는 강아지 인형처럼

빈방을 찾아간다.

무거운 침대가 나를 끌고
한줄기 웃음처럼 비에 젖는다.
침대가 잠든다.
잠든, 무거운 침대를 끌고
나는 다시 빈방을 예약한다.

한 떨기 수선화처럼

여배우 김모모루아는 바르셀로나에 갔다

여배우 김모모루아는 바르셀로나에 갔다.
비행기를 타고 갔다.
유리병을 가지고 갔다.
방울 달린 머리띠도 가지고 갔다.
하이힐 네 켤레도 가지고 갔다.

초승달 눈썹도 가지고 갔다.
연분홍 입술도 가지고 갔다.
터질 듯 말 듯 커다란 젖가슴도 가지고 갔다.
출렁이는 머릿결,
불룩한 엉덩이를 가지고 바르셀로나에 갔다.

목소리도, 손톱도,
웃음도, 질투도, 잠옷도,
청바지도, 젊음도 가지고 갔다.
산책길에서 만나던
목련 나무 한 그루도 가지고 갔다.

조심조심 키우던 다람쥐도 데리고 갔다.
흙먼지 기름 나방, 애벌레도,
과거도, 현재도,
남아 있는 기억은 모두 가지고 갔다.

반바지를 입고 사진을 찍었다.
긴 치마를 입고 사진을 찍었다.
목련 나무 한 그루, 흙먼지 기름 나방, 애벌레도 함께
연분홍 입술, 다람쥐도 함께
다리를 꼬고 앉아 사진을 찍었다.

(여배우 김모모루아는 바르셀로나에 갔다.
모든 사람이 알 필요는 없다.
모든 사람을 알 필요도 없다.
그렇게
다리를 꼬고 앉아 있던
하나의 체계가
내 방안을 훑고 지나갔다.)

음악은 벽 속에 있다

문제다. 음악은 벽 속에 있다.
(용서하고 싶지만
달린다.
멈춘다.
피아노 소리가 들린다.
능숙하지 못하다.
그래도 몇 절은 아름답다.
내가 여전히 우울하고
내가 여전히 고독하고
내가 아직도 꿈꾸기 때문이다.)

다시 달린다.
가구점
봄이었다.
책상과 의자를 샀다.
한 사람은 책상을 등에 지고
또 한 사람은 의자를 메고
우리들의 새집을 향해 걸었다.

나는 맨 뒤에서
빈손으로 걸었다.
가까운 거리의 버스 정류장 두 개를 지나
새집으로 들어서는 골목
책상과 의자를 내려놓고
셋이 웃었다.

그중 하나는 지옥으로 떨어졌다.
다른 하나는 한 인간을 여러 인간에게
나누어 팔아버린 돈으로
내게 맥주를 샀다.
조금씩만 마셨다.
그날은 여러 인간들의 축제.

우리는 먼 이국에서 온 부부에게 물었다.
오늘밤 이 축제에 대해 한 말씀 해보라고
대답 없이 달아났다.
쫓지 않았다.

불빛은 밝고, 별빛도 밝고
빛이니까 밝고, 그럴싸한 분위기로
그저 그렇게 밝고.
우린 천천히 걸었다.

자비와 용서가 넘쳐나는 평화로운 밤거리
우울과 몽상과 질주의 거리
그중 아무것도 선택하지 않은 우리는
일부러, 할 일 없음의 이름으로 뒷골목을 돌고 돌아
새집으로 돌아왔다.
이미 우리에겐 헌 집인데 새들이 날고 있다.
한 마리 잡아먹을까
귀찮은데 한 마리만 먹을까
나는 책상 위에 앉아 있었고 그는
의자에 앉아 있었기 때문에
그가 한 마리를 잡았다.
책상은 책상이고 의자는 의자
그래서 책상은 부동이고 의자가 움직여야 한다.

그래도 난 계속 가만히 있지는 않았다.
욕실로 들어갔다.
그가 몇 마리 새를 다 먹어치울 동안
세수를 두 번하고
손을 씻고, 수도꼭지도 씻고 거울도 닦았다.
그가 다 먹고 뱉었을 때
나는 욕실에서 나와 죽은 새들의 대가리를
구석으로 걷어찼다.
날개도 깃털도 쓸어냈다.
죽은 새의 깃털에서 소나무 냄새가 나고
휘발유 냄새가 나고
죽은 새의 대가리에서 속삭이던 봄
춤추던 여름, 샛노란 은행잎이 쌓이던 가을
별빛이 흐르던 우주의 겨울밤
천국과 지옥이 갑자기 미쳐서 날뛰던 순간.

*

안녕하세요. 처음으로 편지를 씁니다.
20년 전에 두번째 만났을 때
함께 있었던 아이들과
저는 이제 하늘나라로 갑니다.
아이들은 벌써 제 키만큼 자라서
나무도 되고
토끼도 되고 오리도 되고
밤이면 산책도 나갑니다.
저 때문에 평생 괴로웠을 줄 압니다.
다행히 저는 괴롭지 않았습니다.
이제 아이들이 다 자라서
떠날 시간입니다.
하늘나라로 돌아갑니다.
올겨울쯤 닿을 것 같습니다.
올 때보다는 짧은 길입니다.
아직도 겨울 나라에 있는지
여름뿐인 나라에 있는지 알 수 없지만
올겨울쯤 제 아이들이 하늘에 닿으면

나무도 없고, 토끼도 없고
저도 이 세상엔 없으니
평생의 괴로움 덜어낼 수 있을 겁니다.
저는 이렇게 가벼워져 떠나가는데
앞날의 일이 무겁기만 합니다.

*

가볍게 내 발길질에 차였다.
죽은 새의 봄, 여름, 가을, 별(겨울 하늘의 정거장)
뻗었던 그는 금세 일어났다.
그는 무거운 책상을 지고 두 정류장을 건너온
바로 그였다.
나는 여전히 빈손
그가 손등으로 피 묻은 입을 닦으며 웃었다.
지옥으로 떨어졌던 그놈도 함께 웃겠지.
나는 맨발.

문제다. 이렇게 깊은 곳까지 구멍을 뚫어도
벽 속에 음악이 있다.
(그래서 또 달린다. 그가 웃다가 죽어도, 죽다가 웃어도
하늘에서도 달린다. 멈춘다. 죽음의 소리가 고독하고
웃음의 소리가 우울하고, 내가 꿈을 꾸는 소리가
달린다. 난다.)
새처럼, 유령처럼, 별빛이 흐르는 밤의 우주를 안고
죽은 새처럼.

꽃의 소녀

겨울 아침, 다리 위에 꽃 한 송이, 다리를 건너가는 꽃 한 송이, 소녀의 등뒤에 커다란 꽃 한 송이, 다리를 건너는 소녀의 등뒤에서, 소녀를 따라가는 꽃 한 송이.

다리 위의 꽃 한 송이, 커다란 꽃 한 송이, 다리 위로 떠올라서, 커다랗게 떠올라서, 다리를 건너가는, 소녀를 따라가는, 흰 꽃 한 송이.

다리 위에 꽃의 소녀, 작은 다리를 건너는 꽃의 소녀, 멀어지지도, 사라지지도 않는 꽃의 소녀. 겨울 아침의 작은 다리를 건너는 꽃의 소녀.

겨울 아침, 다리 위에 꽃의 소녀. 소녀의 등 위에서 소녀를 따라가는 꽃 한 송이, 다리를 건너는 꽃의 소녀, 작은 다리를 건너가는, 소녀를 따라가는, 커다란 흰 꽃 한 송이.

6월의 우주에는 별 향기 떠다니고

6월의 우주선이 그녀를 불렀을까, 12시 55분
밤 12시 55분
6월의 우주인은 그녀를 기다렸다. 12시 56분

밤 12시 57분
밤 12시 58분
밤 12시 59분

그녀가 나타났다.
1시 02분. 6월의 우주인이 그녀를 보았다.
우주인이 물병을 흔들었다. 1시 03분
6월의 우주인이 그녀를 향해
손에 든 물병을 흔들었다. 1시 04분
그녀를 향해
가슴속에서도 물병이 흔들렸다. 1시 05분

그녀가 우주선을 불렀을까. 1시 06분
6월의 우주선이 지구를 떠났다. 1시 07분

06분에 그녀를 태운
6월의 우주선이 지구에서 멀어졌다. 1시 08분
그녀가 사라졌다. 1시 09분

우주인만 남았다. 1시 07분
6월의 우주인만 남았다. 1시 08분
출렁이는 물병을 든 우주인만 남았다. 1시 09분
가슴속에도, 출렁이는 물병을 넣은
우주인만 남았다. 1시 10분

출렁이는 물병의 1시 11분
출렁이는 우주인의 1시 11분
6월의 우주에는 별 향기 떠다니고
구름 향기 떠다니고

6월의 우주에는
우주선을 탄 그녀만이 남았다. 1시 11분.

열 걸음 스무 걸음, 그리고 여름

너를 꼭 데리고 갈게.
나도 꼭 데리고 가줘.

내 몸속에서 자란 조개들을 꺼내
조개들의 입을 열고,
그 조개들이 한 입씩 베어 물고 있었던
내 몸속의 조각들로 구름을 만들고, 구릉을 만들고.

단단한 조개껍데기들 위로 달리고 달려
고운 길을 만들고,
다시 또 구르고 굴러
더 곱게 반짝이는 모래를 만들고,

내 몸속에서 얼어붙은 얼음을 녹여
바다를 만들고, 이름을 짓고
수평선을 만들고, 여름을 만들고
내가 정말 싫어하는 강아지도. 너를 위해 한 마리는 만들고.

돛단배도, 고래도, 열대어도 다 만들어놓겠지만
움직이지 않는, 파도치지 않는,
숨쉬지도, 헤엄치지지도, 흐르지도 않는
나의 돛단배, 나의 파도, 나의 고래, 나의 물고기, 나의 구름.

그래도 너를 꼭 데리고 갈게.
나도 꼭 데리고 가줘.
그냥 열 걸음, 스무 걸음, 네 뒤에 있을게.

장화 신고, 장화 벗고

여기는 지하실
햇볕이 좀 들지만 분명 지하실
발밑은 조심
어둡지는 않지만 몇 군데 바닥 꺼짐.

하하, 참, 그래도, 비가 오긴 하지만
장화 신고 여기까진 좀.

장화 신고 오신 분은 벗고,
장화 벗고 오신 분도 벗고,

벗어요?
장화 신고 왔다가 장화 벗고 있는데?

여기는 지하실
바닥이 꺼지기도 했지만
오늘은 비도 총총 오시니
장화 신고 오신 분은 벗고

장화 벗고 오신 분은 겉옷도 벗고.

발밑은 조심
바닥까지 내려온 긴 치마 입으신 분 벗고
긴 바지 입으신 분 벗고
짧은 치마 치마 입으신 분
…… 벗고
반바지 입으신 분
…… 벗고.

가방 들고 오신 분은
어. 참. 밖에 놓고 오시라니깐!
속옷만 남으신 분?
그것도…… 벗고
……벗고.

다 벗으신 분!
아직 없으심?

나도 다시
장화 신고, 장화 벗고
장화 신고, 장화 벗고
해야 하는데
다 벗으신 분, 아직 없으심?

그럼 잠깐
마라나 마리나 막시모바가 부르는
깍스~ 어쩌고……하는
노래나 들어보심 ('깍스'는 '어떻게'란 뜻이라는데)

그동안 나도
장화 신고, 장화 벗고
장화 신고, 장화 벗고

마라나 마리나 막시모바도, 장화 신고, 벗고
깍스~ 어쩌고……하는 노랫말에도
사랑이 있고, 이별이 있고

장화 신고, 장화 벗고
빗물도 있고, 슬픔도 있고

여기는 지하실.
햇볕이 좀 들기는 하지만, 푹! 꺼진 지하실.
발밑은 조심
어둡지는 않지만 곳곳에
바닥 꺼짐.

바람은 감자를 하늘만큼 좋아해

감자의 자동차는 고장이 났어.
바람은 엎드려 꿈을 꾸고 있었지.
감자는 태양을 가로질러
바다 위를 둥둥 떠다니고 있었지.

바람은 엎드려 꿈을 꾸었지.
감자의 자동차를 타고
바다 위를 달리는
꿈을 꾸고 있었지.

비가 너무 많이 내렸어.
감자의 자동차는 고장이 났어.

그래도 바람은 엎드려 꿈을 꾸었지.
감자의 자동차를 타고
카리브 해의 상큼한 얼음 칵테일을 마시는.

오늘, 감자의 자동차는 고장이 났어.

가슴은 답답. 우산은 어디 갔지?

그래도 바람은 감자를 하늘만큼 좋아해.
둥둥 떠다니고 있었지.

감자의 자동차는 고장이 났어.
우산은 없어.
벽시계도 멈추고 정전이 됐어.

비가 너무 많이 내렸지.
그래도 바람은 감자를 하늘만큼 좋아해.
카리브 해에서 얼음 칵테일을 마시는,

꿈을 꾸었지.
바다 위를 달리는
감자의 자동차를 타고 물속으로 빠지는,
꿈을 꾸었지.
바람은 감자를 하늘만큼 좋아해.

3

이것은

이것은 감옥입니다.
세상의 경계를 생각하게 합니다.
이것은 도망자입니다.
영원으로 달아나서
여기에 미래를 남깁니다.
이것은 지옥입니다.
늘 헛것인, 환영이지만
내 가슴을 찌르는 뾰족한 가시입니다.
이것은 절벽입니다,
떨어지면 끝이어서 날아야만 합니다.
이것은 당신입니다.
당신이 침묵할 때 몸속에서 자라나는
거대한 식물입니다.

나의, 이것은.

죽은 말의 여름휴가

죽은 말이 여름휴가를 떠난다.
아직 살아 있는 말들의 마을을 지나
달린다.

죽은 말은
오래전에 사라진 나의 미래
살아 있는 말들은 내 미래의 시간이 죽은 뒤
솟아난 엉뚱한 미래.

이제야 죽은 말은 여름휴가를 떠난다.
바다를 향해
엉뚱한 미래를 지나
달린다. 달린다.

죽어서도 달린다.
죽도록 달리고 또 달려서
바다로 간다.

바다는
이미 오래전에 닥쳐온 나의 고독
모래알 같은 고독이 파도에 쓸려
밀려가고 밀려오는
여름은
아직 살아 있는 나의 죽음.

꼬리에 죽음을 달고 내 죽은 말이
여름휴가를 떠난다.
죽은 말
죽어버린 말
죽은 말
다시 살아나도 영원히 죽어버릴 나의 말.

공구통을 뒤지다가

아홉 살의 나는 철길에서 돌아와 공구통을 뒤집니다.
나사못, 대못, 구부러진 녹슨 못,
아주 튼튼한 놈들만 긁어모았습니다.

당신께 보냅니다.

내년엔 나도 열한 살이 됩니다.
열 살 때의 일들은 그냥 없던 걸로 합시다.

당신께 보냅니다.
즐거운 편지처럼

내년엔 나도 통통한 애인과 함께
오동도나 제주도
아니면 카프리 섬의 소형 버스 안에서
삼십대를 보냅니다.

껄렁한 이십대는 없던 걸로 합시다.

나사못, 대못, 구부러진 녹슨 못,
아주 뾰족한 놈들만 당신께 보냅니다.

선물로 보냅니다.

내년엔 나도 여덟 살이 됩니다.
여덟 살의 나로 다시 돌아갑니다.

당신의 가슴에 대못을 박고
구멍을 뚫고, 튼튼한 나사못으로
당신이 가는 길을 막아버린 뒤

다시 아홉 살이 되면 나는 철길에서 돌아와
내 인생의 공구통을 뒤지다가
당신이 내게 보낸 편지를 읽습니다.
내게 남겨진
당신과 나의 기나긴 이별의 편지를.

네가 가는 길이 더 멀고 외로우니

의자에 내 몸을 올려놓습니다. 올려놓고 보니 불편한 의자입니다. 이번에는 의자를 몸 위에 올려놓아봅니다. 무겁습니다. 의자를 내려놓고 나 자신과 맞서보기로 합니다. 온갖 의자들이 기억의 창고에서 쏟아져나옵니다. 한동안 그것들과도 맞서보지만 여전히 의자 하나 놓여 있습니다.

저 하늘엔 비행기가 갑니다.

그래서 나도 길을 나서봅니다. 우연도 필연도 아닌 길을 향해 걷기 시작합니다. 혼자 걷는 것이 심심하기는 하지만 큰길을 따라 강변까지 나갑니다. 계단을 내려가면 강입니다. 오른발 왼발. 강변에선 함부로 쓰레기를 버려서는 안 됩니다. 오른발 왼발. 갑니다.

러시아. 블라디보스토크로 간다고 합니다.

강변에 나와서 바람을 쏘입니다. 눈을 감아봅니다. 내 기억들이 바람 속에서 눈을 뜹니다. 내 몸은 풀밭에 누워 있습니다. 누워 있는 몸의 무게가 느껴집니다. 바람을 쏘인 탓인지 기억이 자꾸 가벼워져 몸밖으로 새나갈 것 같습니다. 하나 둘. 새어나갑니다. 새나가고 맙니다.

저 하늘엔 비행기가 갑니다. 러시아. 블라디보스토크로 간다고 합니다. 블라디보스토크로 가는 길이 더 멀고 외로우니 나는 잠시 여기서 멈춰 있으라고 합니다.

목화밭 지나서 소년은 가고

목화밭이 있었다 — 한 사람이 있었다
목화밭이 있었다 — 내가 있었다
한 사람이 있었다 — 무릎이 깨진 백색의 소년이 거기 있었다

목화밭 지나서 소년은 가고
무릎이 깨진 백색의 소년은 가고
너는 아직도 목화밭에 있구나
너는 아직도 남아 있구나

목화밭이 있었다 — 두 사람이 있었다
목화밭이 있었다 — 내가 있었다
우리들이 있었다 — 머리에 솜털을 단 백색의 소년들이 있었다

흰 꽃들이 부를까, 하얀 달이 부를까
목화밭 지나서 소년은 가고
너는 아직도 목화밭에 있구나
너는 아직도 남아 있구나

목화밭이 있었다 — 세 사람이 있었다

목화밭이 있었다 — 내가 있었다
나와 함께 있었다 — 내 손가락을 묻고 돌아선
백색의 소년들이 있었다

거기 있었다. 사막에도 비가 올까. 사막에도 비는 오겠지
솜털처럼 돋아날까, 내 손가락도 자라서 목화가 될까
흰 꽃들이 부를까, 목화솜이 부를까
하얀 달이 부를까, 다시 부를까

목화밭이 있었다 — 목화밭만 있었다
목화밭이 있었다 — 소년들만 있었다
거기 있었다 — 목화밭을 지나서 소년은 가고

내가 끌고 간 것들, 내가 들고 간 것들
내가 두 손에 꼬옥 움켜쥐고 간 것들
거기 있었다. 목화밭이 부를까, 목화솜이 부를까
네 손가락을 묻고 돌아선 백색의 소년은 가고
너는 아직도 남아 있구나. 목화밭에 있구나

I will wait for you

오늘은 2016년 2월 12일. 겨울비가 내리고,
나는, 소프라노가 부르는 노래를 듣는다.
'I will wait for you'라는 가사가 들린다.
어딘가에서 나를 기다리는 내가 있다. 걱정이다.

뜨거운 야구공 하나가 날아와

외발자전거를 탄 구름이
기억의 수도꼭지를 잠그고
몇 방울, 마지막으로 떨어지는 물소리를
음악 소리에 섞는다,

뜨거운 야구공 하나가 날아와
음악 속으로 떨어진다,

아슬아슬 넘어질 것 같은, 외발자전거를 탄
구름이
음악 속으로 들어가 팽그르르 한 바퀴
크게 맴을 도는 동안

1시간 30분쯤의 시간이
아무것도 못 본 척, 모르는 척
키 작은 나뭇가지에 걸려 있다,

기린 아가씨와 뜀뛰기

봄 오면
무서운 기린 아가씨 넷이 뜀뛰기 연습을 한다.

길 아래 어두운 터널에도 봄 오면
쓸쓸한 기린 아가씨 넷이 뜀뛰기 연습을 한다.

꽃잎들이 내 손등에서 마구 피어나는, 그런 봄이 오면
기린 아가씨 넷이 뜀뛰기 연습을 한다.

봄밤이 와버리면 끝없이
기린 아가씨 넷이 뜀뛰기 연습을 한다.

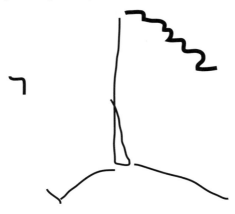

네가 나를 영원히 사랑한다 해도

"나는 약해. 금세 기절하고 말 거야."

처음 본 순간
너는 나에게 겁을 준다.

그래도 나는
커졌다가 작아졌다가
바닷물을 끌고 와
너를 덮어버린다.

"나는 약해, 금세 기절하고 말 거야.
다 잠기고 말 거야.
약하다니까."

그래도 나는
커졌다가 작아졌다가
어둔 하늘을 끌고 와

너를 덮어버린다.

철문으로 만든 얼굴들

여기, 철문으로 만든 얼굴이 있다.
철문을 뜯어서 만든 얼굴이 있다.

작은 철문으로 만든 얼굴, 큰 철문으로 만든 얼굴
모두, 검게 칠한, 검은 얼굴들

처음에는 옥상에, 복도에
다음에는 문밖에, 거리에
이제는, 산에도, 바다에도

무거운 철문을 뜯어서 만든, 무거운,
딱딱한, 차가운, 너무 무거운,
여기, 철문으로 만든 얼굴들이 쌓여 있다.

새콤달콤 프로젝트

머리를 떼어버렸더니
내가 누구인지 모르겠다.

발도 잘라버렸더니
갈 길도 사라졌다.

심장은 조금 어려워
한쪽 팔만 남기고
몸통을 떼어내 던져버렸다.

눈도, 코도 없으니
어디로 던졌는지도 모르겠다.
남은 것이 나인지, 버린 것이
나인지도 모르겠다.

나머지 한쪽 팔을 버리려면
어찌해야 하는가.

할아버지와 대서양과 황금 팔과, 나와 가을과

너, 그거 아니?, 아뇨, 안 가봤는데요. 긴 터널을 지나면서
방글라데시에서 지리학을 전공했다는 택시 기사와 서툰 말로
인사만 했어요. 센트럴파크는 알아요. 20분쯤
걸었어요. 북대서양 말이다. 노스 애틀랜틱 오션! 아뇨,
안 가봤어요. 뉴욕의 현대미술관엔 가봤어요.
러시아 아방가르드 전시회는 봤어요.
리시츠키와 마야콥스키…… 아,
킴 노박을 알아요. 황금 팔을 가진 사나이도 알아요. 아니,
북대서양 말이다. 노스 애틀랜틱 오션.

깡통은 둥그렇단다. 위에서 따야지, 자꾸 밑을 보면 어찌하게.
저 바다에는 대구가 넘쳐났는데, 요즘은 적단다. 너에겐
참치 통조림 깡통이 있더구나. 깡통엔 손잡이도 있단다.
이런 건 아니? 아뇨, 안 가봤는데요. 필리핀엔 가봤어요.
6인용 경비행기를 탔는데 하늘에선 추웠어요. 골목에서
마젤란과 맞섰다는 필리핀 전사의 그림은 봤어요.
여긴 태평양이란다. 지구의 3분의 1을 차지하는 바다지.
한 손으로 쥐고 다른 한 손으로 손잡이를 당겨야 한다.

조심해야지. 자꾸 뒤집어보면 어찌하려고.

그건 아니? 아열대란다. 아뇨, 말표 고무신은 봤어요.
신어보진 않았지만, 어떤 모양인지는 알아요. 아,
과꽃 피던 때였는데, 서둘러 계단을 내려가던 모자 쓴
남자를 봤어요. 짙은 회색 옷을 입었어요. 다음날
들었는데, 도둑이었나봐요. 과꽃 피던 때였는데……
북아프리카의 남부, 오스트레일리아의 사막도 아열대란다.
깡통은 둥그렇단다. 물론, 네 것에는 참치가 들었겠지.
자꾸 굴리지만 말고 손잡이를 당기렴. 꼭 이렇게,
이렇게 해야 한단다. 자꾸 굴리지만 말고.

한낮의 누드

나와 너, 사이에는 아무것도 없지만
나와 너 사이에는
수백, 수천, 수만 켤레의 양말을 걸어놓은
투명한 빨랫줄.

겨울이 오면
북유럽 산타 할아버지가
초록 별 같은 눈꽃을 그 안에 넣어주실,

연꽃이 피면
네 할머니의 부처님께서
네 눈물 속에 연등을 달아주실,

너와 나, 사이에는 아무것도 없지만
너와 나 사이에는
수백, 수천, 수만 켤레의 양말을 걸어놓은
투명한 빨랫줄.

오늘, 시인 언니 병신 돈는다

진짜. 온종일. 슈슈슈. 병신 돈는다. 길 건너 3층의 철학 아저씨는. 사주, 관상, 궁합. 리어카를 끌고. 운명하러 나가시고. 진짜. 온종일. 슈슈슈. 길 건너 3층의. 철인 아저씨는. 얼음 꽃, 쇠 꽃, 젖은 꽃. 별자리를 끌고. 끝장내러 나가시고.

진짜. 온종일. 슈슈슈. 냉면 먹는다. 길 건너 3층의 은빛 자루 아저씨는. 보일러실, 화장실, 침실, 구멍을 막고. 3박 4일 운명하러 나가시고. 진짜. 온종일. 슈슈슈. 길 건너 3층의. 은빛 아저씨는. 얼음 땅, 쇠 땅, 젖은 땅. 꿈자리를 끌고. 끝장내러 나가시고.

진짜. 온종일. 슈슈슈. 길 건너 3층의 은빛 젖은 아저씨는. 오브제, 이미지, 액션. 은빛 삽자루를 들고. 운명하러 나가시고. 진짜. 온종일. 슈슈슈. 길 건너 3층의. 삽자루 아저씨는. 얼음 궁전, 쇠 궁전, 젖은 궁전. 긴 울음자리를 끌고. 끝장내러 나가시고. 진짜. 온종일. 슈슈슈. 시인 언니 오늘 또 병신 돈는다.

무대
— An abstract object

주말에는 무대를 보러 갑니다. 무대
세상의 무대를 보러 갑니다. 무대
음악의 무대, 배우의 무대
공포의 무대, 춤의 무대, 충격의 무대

탕!

오래된 무대, 새로운 무대, 사라진 무대
고정된 무대, 움직이는 무대, 그려진 무대
소리 나는 무대, 소리 없는 무대, 캄캄한 무대
눈 내리는 무대, 비 오는 무대, 비워진 무대

탕탕!

좋아요! 평일에도 갑니다. 좋아요.
이번 달에는 월, 화, 수, 목, 금을 갔습니다, 좋아요
토요일과 일요일엔 쉬었지만, 좋아요. 내 마음의
이상한 데를 건드려요, 꽉 차게 건드려요. 좋아요

탕!

무대 좋아요. 사건의 무대, 시작의 무대
문제의 무대, 종말의 무대
지붕의 무대, 바닥의 무대
출렁이는 무대, 떠오르는 무대, 넘치는 무대

탕탕!

좋아요. 내 무대를 올려놓은 무대
좋아요. 무대 속의 무대, 무대 밖의 무대
좋아요. 세상의 모든 무대를 올려놓은 무대

탕!

단 한 번의 무대, 그리운 무대, 순간의 무대
밀려오는 무대, 자꾸 오는 무대, 영원의 무대
정신없이 무대를 보러 갑니다. 무대, 좋아요, 무대

탕탕!

내가 그린 기린 그림

내가 그린 기린 그림은 바닷가를 달리는 기린 그림.
세 시간 또는 네 시간씩 걷기만 하는 기린을 그린 그림.
기린밖에 없는 기린 그림.
그래도 오랫동안, 매일매일 그린 내 기린 그림.
어쩌다가 다시 보면 비행접시처럼 떠 있는 기린 그림.
때로는 나를 향해 불화살을 쏘아대던 기린 그림.
꿈속의 달나라에서도 그린 내 기린 그림.
뉴욕이나 런던의 호텔방에서도 그린 그림.
하노이에서도, 인스부르크에서도, 풀밭에서도,
벌판에서도 그린, 섬에서도 그린 그림,
기린이 무서워서 그린 기린 그림, 언젠가 만나게 될
죽은 기린이 무서워서 그린 비행접시 같은 기린 그림.
달빛으로도 찍은 기린 그림, 메조틴트로 찍은 기린 그림,
리도그래프로 찍은, 사진기로도 찍은 흑백의
기린 그림, 손바닥으로도 찍은, 이마로도 찍은
온통 붉은 기린 그림, 그 위에 다시 몇 년을 반복해서 칠한
찬란하게 빛나는 기린 그림.

전화기 저 멀리서 '안녕하세요', '안녕하세요',
내가 한마디, 어떤 기린이 한마디, 평생 그 한마디로 끝난
그 기린을 그린 그림. 그 기린에게 전화를 걸어, 내게는
한마디, 아무런 설명도 없이, 그 기린에게만
'내가 말했지, 내가 말했었지'라고 말하며 내게는
전화기만을 건네준, 그 기린을 그린 그림. 그 뒤로는
매일매일 바닷가를 달리는 기린 그림. 나를 생각하다가,
네 시간 또는 다섯 시간씩 걷기만 하는 기린을 그린,
한 마리의 기린을 그린, 두 마리의 기린을 그린,
세 마리의 기린을 그린 기린 그림. 하지만 오직
한 마리였던 기린 그림, 십 년을 그린 기린 그림,
이십 년을 그린 기린 그림.

다 그린 기린 그림.
볼 수 없는 기린 그림, 지울 수도 없는 기린 그림,
죽도록 그린 기린 그림, 내가 그린 기린 그림.

고래와 시금치

고래와 시금치가 터널 입구에 있다.
어디로 향하는 터널일까. 터널의 입구는 지하로
내려가는 길처럼 내리막이다.

어디에서인가 환한 빛이 내려와 터널의 입구를
밝게 비춘다.
물결은 잔잔하다. 나는 유리병을 들고
물속을 걷다가
고래와 시금치가 있는 터널 입구에 서 있다.

물속은 고요하다. 물속의 모든 것들이
터널 속으로 사라진 지 오래인 듯
아무것도 없는 입구에 내가 있다.
고래와 시금치는 죽지도, 썩지도 않았지만
움직이지도, 자라지도, 흔들리지도 않는다.

물속에, 불빛 아래, 터널 입구에
고래와 시금치와

유리병을 들고 있는 내가 있다.

유리병 속엔 헬리콥터
유리병 속엔 또, 고래와 시금치가 있다.
물속은 잔잔하다. 나는 물속을 걷다가

고래와 시금치가 있는 터널 입구에
고래와 시금치가 들어 있는
유리병을 들고 서 있다. 병 속에는,
헬리콥터가 떠 있다.

크레이지 하트 포에트리 클럽

Crazy heart's poetry club

아무도 오지 않는, 아무도 없는,
누구든 오다가는
발목 부러질
함정을 가진

스쳐가는 바람만이
무지개가 되었다가
별똥별이 되었다가
오락가락 떠다니는 구름이 되었다가
그래도 심심해서 뒤집기를 하다가
허공도 허공에서
굴러떨어질

여름밤의 꿈이었을까

어느 날, 화려한 날, 새하얀 눈 다발을 가슴에 안고
여자가 눈밭에서 웃던 날

남자는 홀로, 주민센터 창구 앞에서
땅끝으로 가는 시외버스의 대기 줄에서

차례를 기다리다가, 그의 발뒤꿈치에서 불쑥 튀어나온
녹슨 망치를 내려다본다.

시인의 말

슬픈 도구가 있다면 나는 그것으로 세상에서 가장 따뜻한 봄날을 그리고 싶다. 나의 도구는 구체적이거나 실재적인 것을 통해 더 구체적이거나 더욱 실재적인 것으로 향할 것이다.

그러나 내가 처음에 이 길을 선택했던 이유처럼, 나의 도구는 언어이고, 이미지와 소리와 문자이고, 나 자신이고, 문제인, 오래된, 낡은 집이어서 어쩔 수 없이, 차선책인 나 자신만의 미미한 독자성에 기댈 수밖에 없다. 하지만 미미한 개인에게도 사실이나 진실을 밝히는 것은 어렵기도 하지만, 가슴에 묻어두고 가야 하는 것 또한 진실일 수밖에 없다. 때로는 참이, 거짓이나 침묵, 헛것들을 만나 진실이 된다. 나에게 사건과 행위, 동작이나 동세는, 진실을 비껴서는 것이기도 하지만 뒤집고, 버리고, 되돌아서는 작용점으로써 실재적인 곳으로 도구를 끌고 가려는 마음과 같다. 하나의 작품은 발단의 연유나 종결의 의미를 넘어서는 곳에 있다.

그러나 세상은 지각이나 감각 또는 인지의 결과와는 다른 것일 수 있고, 나는 그 한계 안에 있다. 허구처럼 보이는 사건들과 이미지로서의 환영을 교차하면서, 미미한 나의,

문제와, 절박하게, 침통하게, 그러나 따뜻하게 대면하고자 했지만, 더 즉물적으로 그것을 드러내고자 한다면 어떠한 의미도 배제해야 한다. 문제들은 즉물적인 것들을 통해 마침내 미적으로 환상을 만들며 소멸한다. 따라서 그런 즉물성을 통해 구조에서 구축으로, 시선에서 포착으로의 이동이 필요하지만 나의 도구는 아직, 거리보다는 관계에 놓여 있다. 그래서 아직은 상황과 감정이 햇빛 속의 먼지처럼 떠돈다.

언어. 공간을 여는 길은 경계의 확장이나 출구를 통한 방법이 아니라 공간을 먼저 확정하는 데 있다. 그러나 시선이나 표현을 넘어서는 시적 대상이나 상황을 현재와 같은 고정된 무대에서는 기대하기 어렵다. 대상의 동태를 내 안에 옮겨, 다시 바깥과 잇는 과정에서의 호흡과 박동의 차이, 잡음에 관한 것들. 그리고, 매체가 경직된 내용을 생성하기 전에 방향의 역전을 꾀했지만, 의미를 단순하게 확정하는 경향을 가진 구체제와의 관계를 생각하면 심란하다. 그런 심란함은 자연을 차용하거나 정서적 상황에 머물게 한다.

다시 기회가 주어진다면 차라리 의지나 욕망 안에서 자유로울 수 있을까. 떠돌거나 격동하는, 내 심장에 박힌 기억을 열고, 두려움을 감춘 채 세상의 맞은편에서 나를 바라보고 있는 것들도 가볍게 날려 보내는, 그런 봄날뿐인 봄날을 만들 수 있을까.

주어진 기회라고는 단지 예술밖에 모르는 미미한 크기의 나는, 그래도 이 세상에 한 점으로서나마 잠깐의 숨을 쉬며, 그 숨으로 오늘은 겨우 200그램짜리 감자들을 내놓는다. 그러나 이것이 유동이나 불확정성에 관한 포착, 연결 구조를 열면서도 위에서 닫아버리는 구축이라면 좋겠다. 그래서 내일 오후쯤에는, 나의 언어가 예술적 기술과 비장함을 딛고, 맑고 투명한, 또는 어둡고 칙칙한, 그런 등등의 물체를 가진, 햇빛 속의 하루로 바뀐다면 좋겠다. 더 어려운 일이지만 그 반대로도 늘 가능하다면 좋겠다.

당나귀, 기린, 대장, 좀 이쁜 누나, 고독, 고래, 시금치에게 미안하다. 아직은 밤이니 내일 정오까지는 우리 모두, 무사할 것이다.

박상순

슬픈 감자 200그램
ⓒ 박상순 2017

1판 1쇄 발행 2017년 1월 22일
1판 3쇄 발행 2020년 4월 21일

지은이 박상순
펴낸이 김민정
편집 김필균 도한나
마케팅 정민호 나해진 최원석
홍보 김희숙 김상만 지문희 우상희 김현지
제작 강신은 김동욱 임현식
제작처 영신사

펴낸곳 (주)난다
출판등록 2016년 8월 25일 제406-2016-000108호
주소 10881 경기도 파주시 회동길 210
전자우편 nandatoogo@gmail.com   트위터 @blackinana   인스타그램 @nandaisart
문의전화 031-955-8865(편집) 031-955-8890(마케팅) 031-955-8855(팩스)

ISBN 979-11-959077-9-3   03810